THIS BOOK BELONGS TO:

....

....

Subject: Date: /   /

Subject: Date: /   /

Subject: Date: /   /

Subject: Date: /   /

Subject:

Date: /   /

Subject: Date: /   /

Subject: Date: /   /

Subject:

Date: /   /

Subject: Date: /   /

Subject:

Date: /   /

Subject: Date: /   /

Subject: Date: /   /

Subject: Date: /   /

Subject: Date: /   /

Subject: Date: /   /

Subject: Date: /   /

Subject: Date: /   /

Subject: Date: /   /

Subject: Date: /   /

Subject: Date: /   /

Subject: Date: /   /

Subject: Date: /   /

Subject: Date: /   /

Subject:

Date: / /

Subject: Date: /   /

Subject: Date: /   /

Subject:

Date: /   /

Subject: Date: /   /

Subject: Date: /   /

Subject: Date: /   /

Subject:

Date: /   /

Subject: Date: /   /

Subject: Date: /   /

Subject: Date: /   /

Subject: Date: /   /

Subject: Date: /   /

Subject: Date: /   /

Subject:

Date: /   /

Subject: Date: /   /

Subject:

Date: /   /

Subject: Date: /   /

Subject:

Date: / /

Subject:

Date: /   /

Subject: Date: /   /

Subject: Date: /   /

Subject: Date: /   /

Subject: Date: /   /

Subject: Date: /   /

Subject:

Date: /   /

Subject: Date: /   /

Subject: Date: /   /

Subject: Date: /   /

Subject: Date: /   /

Subject:

Date: /   /

Subject: Date: /   /

Subject:

Date: / /

Subject: Date: /   /

Subject: Date: /   /

Subject:

Date: /   /

Subject:

Date: /   /

Subject:

Date: /   /

Subject: Date: /   /

Subject:

Date: / /

Subject: Date: /   /

Subject: Date: /   /

Subject: Date: /   /

Subject: Date: /   /

Subject: Date: /   /

Subject: Date: /   /

Subject: Date: /   /

Subject: Date: /   /

Subject: Date: /   /

Subject: Date: /   /

Subject: Date: /   /

Subject: Date: /   /

Subject: _____   Date: /   /